ÉPITRE

SUR

L'ORIGINE ET L'ÉTAT

DES SOCIÉTÉS.

A LONDRES.

M. DCC. LXXIV.

Et nunc, Principes, Intelligite : Erudimini,
qui judicatis terram.

PSAL.

ÉPITRE

SUR L'ORIGINE ET L'ÉTAT

DES SOCIÉTÉS.

JADIS tous les humains dans l'univers épars,
Au seul instinct livrés, sans culture & sans arts,
Isolés, sans tendresse au sein de la nature,
Attendoient sous un chêne une ingrate pâture.
Déserteurs insensés de leurs rustiques toîts,
Esclaves dans la suite, ou par force, ou par choix,
Comment sont-ils sortis de cet état agreste,
Pour s'imposer un joug peut-être plus funeste ;
De ces siécles obscurs j'écarte le rideau :
La vérité me luit & je suis son flambeau.

 Par-tout l'homme obéit & l'homme nâquit libre ;
Qui peut du moins, qui peut rétablir l'équilibre ?
Cette leçon importe aux Peuples, comme aux Rois :
Rois, Peuples, écoutez, je discute vos droits.

A 2

Un fentiment exquis, émané du Ciel même,
Qui fait que chaque efpéce & s'unit & s'entr'aime,
Infpirant les befoins de la paternité,
Subftitua l'amour à la férocité.
Sur les pas de ce Dieu l'innocente jeuneffe
Parmi les jeux, les ris, reconnut la tendreffe.
Bientôt les foins touchans de la maternité
Annoncent les doux fruits de la fécondité.
Je vois, quel doux objet! les enfans & les pères
Goüvernés par l'Amour, vivre en peuple de frères.
Mais la maifon augmente & la famille croît :
Le père en fouriant fent ce nouveau furcroît.
Tous lui doivent d'abord refpect, obéiffance,
Moins par néceffité, que par reconnoiffance ;
Son empire eft fondé fur l'amour, la douceur ;
Pour régner, il ne doit confulter que fon cœur.
O précieux tribut de bienfaits & de graces !
Tu vaux feul tous les biens, fi tu ne les furpaffes.
O fpectacle enchanteur du pouvoir paternel !
C'eft l'image ici-bas du Dieu qui régne au Ciel.
  Je parcours, comme un trait, l'intervalle des âges.
Divine vérité, toi feule, qui furnages
Sur le chaos obfcur de ces antiques tems,
Découvre à ma raifon, à mes trop foibles fens,
Les mœurs, les paffions de cette enfance humaine.
Quoi donc, né pour l'amour, l'homme reffent la haîne ;
Et déjà la Difcorde arme tous les humains
Pour un fruit cultivé de leurs communes mains.
  » Ingrats, le remords crie & la vertu murmure :
  » En difputant fes dons, refpectez la nature.

Près d'un arbre au hasard dans le valon planté,
Soudain j'entens le nom de la propriété :
Sitôt je vois germer & croître les querelles,
Les procédés sanglans , les haînes éternelles;
Et je n'apperçois plus que meurtres & combats
Dans l'inégalité , source de leurs débats.
Divine vérité , sur cet âge coupable
Jette , jette à jamais un voile impénétrable :
Dans un profond oubli qu'il reste condamné ;
L'homme est donc criminel, à l'instant qu'il est né.

Qui pouvoit davantage , osoit tout entreprendre.
Contre la force armée il fallut se défendre ,
Et contenir du moins par un frein apparent
Le foible , le plus fort, le riche & l'indigent.
Mais quels prudens motifs , quelles raisons puissantes
Réuniront enfin tant de mœurs différentes ?
Comment concilier tant d'intérêts divers ,
Sans choquer les esprits par l'appareil des fers ?
Et comment enchaîner la volonté commune
Pour assurer à tous la vie, ou la fortune ?
Qui pût donc asservir & leurs vœux & leur foi ?
Et qui pût opérer ce changement?... la loi ;
La loi , moyen sublime , organe salutaire,
Ramena la concorde & la paix sur la terre.
L'homme rendu docile à sa céleste voix
Reprit sa liberté, sa raison & ses droits.
O prodige ! ô grandeur ! la terre est consolée ;
Une Religion par le Ciel révélée,
Acheva de montrer aux mortels confondus
Un prix toujours tout prêt , pour payer leurs vertus.

Munis du sceau des loix, les vieillards & les sages
Amollirent enfin ces cœurs durs & sauvages.
L'homme jadis barbare, aujourd'hui citoyen,
Consacre à la patrie & sa vie & son bien.
Que dis-je ? au moindre choc la nature ébranlée,
Mais ailleurs à l'état en silence immolée,
Subjugue ma raison, m'élève & me surprend.
Une femme de Sparte avoit cinq fils au camp,
Tous sa fière espérance & la fleur de l'armée ;
Du combat tout-à-coup la nouvelle est semée :
Au milieu des dangers qui menacent l'Etat,
L'héroïne incertaine, … elle vole au Sénat.
Mais un seul sentiment tient son ame captive,
Tremblante elle attendoit … enfin l'Ilote arrive.
Des jours de vos cinq fils le glaive a décidé,
Vil esclave, répond, que t'ai-je demandé ?
La victoire est à nous, poursuit-il hors d'haleine ;
O généreux transport d'une ame citoyenne !
Sans qu'une foible larme échappe de ses yeux,
La mère court au temple & rend graces aux Dieux.
   Que vois-je, & quel spectacle ! aux rivages du Tibre,
Un Peuple pauvre & fier, légiflateur & libre,
Pendant le cours heureux de cinq siécles entiers
Défend ses loix, ses mœurs, sa gloire & ses foyers.
Sa noble fermeté ne connoît point d'obstacles ;
Et son patriotisme enfante des miracles.
Sourd à la voix du sang, dont l'empire est si fort,
Brutus juge son fils & l'envoie à la mort.
J'admire avec terreur un autre sacrifice :
Pour l'arracher aux maux, qu'il faudra qu'il subisse,

De Régulus captif, Rome offre la rançon ;
Sa fierté s'en indigne & rejette un tel don :
Il préfère aux Romains les tourmens de Carthage ,
Et son refus superbe a doublé leur courage.
Par sa vertu rigide & ses décrets vengeurs,
Caton bannit le luxe & réforme les mœurs.

    Trop heureux les humains, si leurs regards fideles
N'eussent vu que les loix & la patrie en elles ;
Et si ce salutaire & doux tempérament
Avoit à leurs vertus servi de supplément.
Hélas ! du sein des loix & d'un dogme sublime ,
Le triste abus nâquit & porta l'homme au crime.
La soif de commander, la superstition
Allumèrent les feux de la sédition ;
Et bientôt l'habitant des plaines & des villes
Connut toute l'horreur des discordes civiles.
Tout trembla , tout périt ; la liberté se tut ,
Et pour mille tyrans un despote parut.
Sur la cendre des siens arrivé jusqu'au trône ,
Le soupçon le devance & l'horreur l'environne.
Il traîne sur ses pas les supplices vengeurs ;
Et son aspect hideux glace d'effroi les cœurs.
Tel un fécond génie, un Poëte sublime ,
Dans les hardis transports dont sa muse s'anime,
A peint ce spectre affreux échappé des enfers ,
Dès l'enfance des tems planant sur l'univers ,
La mort, tyran cruel, de qui l'esprit immonde
De son haleine impure empoisonne le monde,
Monstre nourri de sang , entouré de lambeaux ,
Qui régne par les pleurs & vit dans les tombeaux ;

La mort.... à ce nom feull'humanité tremblante,
N'a qu'un feul fentiment, celui de l'épouvante :
Ainfi le defpotifme, un glaive dans les mains,
Tue, immole à fon gré la foule des humains.

Du fanguinaire excès du pouvoir defpotique,
On vit paroître enfin le pouvoir monarchique.
Le Peuple élit un Roi, jaloux par fes bienfaits
D'enchaîner à fon fort le fort de fes fujets.
Il a tant à gagner par la feule clémence,
Que fon amour pour eux, fait leur obéiffance :
Et fon trône appuyé fur le pivot des loix,
Loin de les affoiblir, affermit tous fes droits.
C'eft de ce lieu facré, comme d'un fanctuaire,
Qu'un Monarque chéri, tel qu'un Dieu tutélaire,
Infpire à fes fujets gouvernés par l'honneur,
Ce jufte & noble orgueil qu'il porte dans fon cœur ;
Sur-tout, lorfque des loix l'organe intermédiaire
Sans nuire à fon pouvoir, le tempère & l'éclaire.

O France, en adoptant ces principes conftans,
Tes Peuples font heureux, tes Princes vraiment grands.
Que j'ouvre avec plaifir les faftes de l'hiftoire !
Que de Rois, dont les noms font fixés par la gloire !
Leurs régnes bienfaifans, leurs utiles travaux
Se preffent à l'envi fous mes nobles pinceaux.
Un Charle moins vanté, moins grand par fes conquêtes,
Que par les fages loix que fa prudence a faites.
Ce vainqueur des Germains, brillant de majefté,
Philippe, à qui fon fiécle & la poftérité
Donnèrent juftement le titre le plus jufte,
En le nommant Vainqueur, en le nommant Augufte,

Quel est ce Sage assis sous un chêne sacré?
Il paroît comme un Dieu, des Français adoré:
C'est ce Héros pieux, de qui la foi sincère
Fut un spectacle au ciel, un modéle à la terre.
Cet autre Charle encor dont les sages avis
Firent changer le fort & triompher les lis,
Moins par les coups hardis de sa noble vaillance,
Que par les traits heureux d'une rare prudence.
Louis-Douze, au milieu de ses Peuples contents,
Semble un Père chéri, qu'entourent ses enfans:
Chaque jour fut marqué par quelque bienfaisance,
Il mourut, & sa mort fut un deuil pour la France.
Parmi ces Rois fameux je distingue Henri:
Je vois à ses côtés son digne ami, Sulli.
Sulli, dont le regard inspire la sagesse,
Henri, dont le nom seul invite à la tendresse:
Le modéle des Rois justes & bienfaisans,
Tous deux amis du Peuple & l'effroi des tyrans.
Sur de pompeux lauriers je vois Louis paroître.
Colbert le suit; Colbert, l'émule de son maître.
Sulli, Colbert, quels noms! quel noble dévouement?
Sulli, pour régle sûre & pour seul fondement
D'un Royaume, déja l'amour de la nature,
Etablit le Commerce avec l'Agriculture.
Et Colbert chez un Peuple aimable, industrieux,
Anime les talens & le goût qui naît d'eux.
France, honore & chéris à jamais leur mémoire;
L'un a fait ton bonheur, & l'autre a fait ta gloire.
Répons: A qui dois-tu tes trésors, tes talens?
Tu les dois à Colbert, à ses soins vigilans.

L'Europe à tes côtés autrefois étrangère,
De ton goût, de tes arts aujourd'hui tributaire,
Paie à ton opulence un hommage forcé.
De tous les Conquérans vois le nom éclipsé :
Au tombeau sans regret on les a vus descendre :
Mais l'immortel Sulli survivant à sa cendre
A droit à notre amour, à nos tendres respects.
O grand Homme, les miens ne seront pas suspects :
» Conquérans destructeurs, vos funestes exemples
» Surchargent nos lambris, nos palais & nos temples ;
» La patrie & les cœurs qu'elle rassemble ici
» Près le meilleur des Rois placent aussi Sulli :
Auprès de sa statue, idole de la France
Le citoyen demande envain ta ressemblance ;
Mais la voix du public & de la vérité
A consacré la tienne à l'immortalité.
Tel aujourd'hui vainqueur des serpens de l'envie,
Honorable à son maître, ainsi qu'à la patrie,
On verra.... guidé par la vertu
Ressusciter l'espoir du Français abattu.
A la Cour de Louis sa présence appellée
Rétablira les mœurs & Thémis exilée,
Thémis proscrite, errante & réduite aux abois,
En vengeant le pouvoir de nos antiques loix.
Mais du poids de ses fers en ce jour affranchie,
Et par un Roi qui l'aime avec gloire accueillie,
Un tel retour la venge & l'honore encor plus
Qu'aux tems, où l'imposture accusoit ces vertus.
Et toi, nouveau Sulli, tremble qu'en ta vieillesse
La fourbe des méchans ne t'assiége sans cesse.

Confident de ton Roi, mais jamais fon flatteur,
Sois prefque fon égal, en éclairant fon cœur;
Montre lui, qu'en dépit des complots de l'envie,
La puiffance du Chef n'eft que dans la patrie,
Dans les loix, dans les mœurs & l'amour des fujets:
Quel Peuple le mérite, autant que le Français!
Mentor à Télémaque accordant fa tendreffe
Formoit ainfi fon cœur des dons de fa fageffe;
Eh! que n'eût-il pas fait?.... Mais je m'arrête ici:
Henri Quatre à fa gloire affocia Sulli,
Il n'en fut que trop digne. En des tems plus profpères,
Louis, jeune héritier du fceptre de fes Pères
Demande un Sage au ciel pour régir fes Etats,
Il l'obtient, & la France a nommé........
　J'ai peins les Nations, leurs maux, leur avantage.
Par un vœu de mon cœur je finis cet ouvrage:
Si vous voulez régner, Rois, refpectez les loix;
Peuples, pour être heureux, aimez toujours vos Rois.